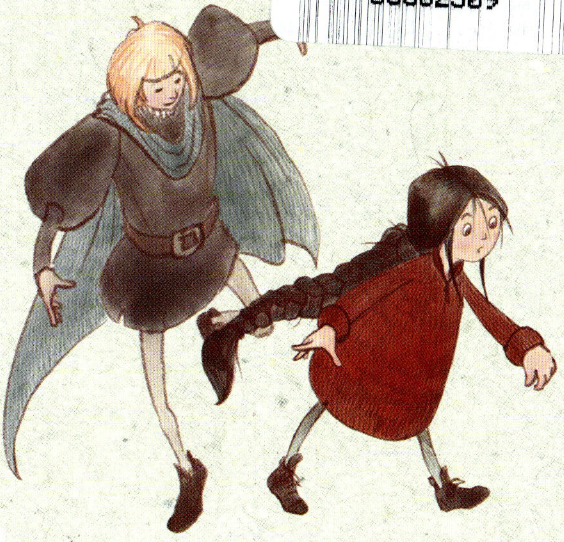

"我不是天才"系列图书是针对小学中高年级读者的名人传记小说，通过杰出人物的人生经历，促进孩子对世界的探索和对真善美的追求，引导孩子找到自己与杰出人物的共同之处，激发成长的动力和潜能。

在《拉斐尔的礼物》中，小女孩克里斯蒂娜和同学一起去拉斐尔的家乡乌尔比诺游学。在参观拉斐尔故居的过程中，克里斯蒂娜偶遇了正在画画的拉斐尔，在他的引领下，拉斐尔故居的每个房间化作通向文艺复兴时代的时空之门，克里斯蒂娜不仅近距离欣赏了拉斐尔各个时期的代表作，更对拉斐尔倡导的和谐、优雅、协调的艺术理念和文艺复兴时期工坊的合作方式有了更深刻的理解。在游学之旅的结尾，这位温和谦虚的大师还送给了她一份独一无二的礼物……

我不是天才

拉斐尔的礼物

[意]塞西莉亚·拉泰拉 / 著
[意]詹卢卡·加罗法洛 / 绘
萌 达 / 译

中国少年儿童新闻出版总社
中国少年儿童出版社
北京

著作权合同登记 图字：01-2024-0788

Written by Cecilia Latella
Illustrated by Gianluca Garofalo
Copyright © 2024 Book on a Tree Limited
A story by Book on a Tree
www.bookonatree.com
Project coordinated by Niu Niu Culture

图书在版编目（CIP）数据

拉斐尔的礼物 /（意）塞西莉亚·拉泰拉著；（意）詹卢卡·加罗法洛绘；萌达译 . -- 北京：中国少年儿童出版社，2024.3
（我不是天才）
ISBN 978-7-5148-8676-4

Ⅰ. ①拉… Ⅱ. ①塞… ②詹… ③萌… Ⅲ. ①儿童故事 – 意大利 – 现代 Ⅳ. ① I546.85

中国国家版本馆 CIP 数据核字（2024）第 052400 号

LAFEIER DE LIWU
（我不是天才）

出版发行：	中国少年儿童新闻出版总社 中国少年儿童出版社	
	执行出版人：马兴民	
丛书策划：缪 惟　唐威丽		版权编辑（特邀）：王韶华
责任编辑：陈白云		版权编辑：胡 悦
美术编辑：徐经纬		装帧设计：徐经纬
责任印务：厉 静		责任校对：刘 颖
社　　址：北京市朝阳区建国门外大街丙 12 号		邮政编码：100022
编 辑 部：010-57526320		总 编 室：010-57526070
发 行 部：010-57526568		官方网址：www.ccppg.cn
印刷：北京利丰雅高长城印刷有限公司		
开本：787mm×1092mm　1/16		印张：6.25
版次：2024 年 3 月第 1 版		印次：2024 年 3 月第 1 次印刷
字数：63 千字		印数：1—5000 册
ISBN 978-7-5148-8676-4		定价：59.80 元

图书出版质量投诉电话：010-57526069　电子邮箱：cbzlts@ccppg.com.cn

写在前面

中国和意大利是东西方文明的杰出代表，共同书写了人类文明史上的辉煌篇章。中国和意大利两个伟大文明之间的友好交往源远流长。2000多年前开辟的丝绸之路，跨越山海，使中意两国紧紧相连，形成了互尊互鉴的文化与经济的交流传统。

为进一步加强中意文化交流，中国少年儿童新闻出版总社提出原创图书——"我不是天才"丛书的规划设想，拟借助东西方少年儿童耳熟能详的文艺复兴艺术巨匠，以图文并茂的儿童文学作品，再现意大利文艺复兴时期达·芬奇、米开朗基罗和拉斐尔三位艺术大师的杰出成就，希望通过艺术家的人生经历，激发少年儿童对世界的探索和对美的追求。

作为中国少年儿童新闻出版总社与意大利合作出版的作品，"我不是天才"丛书既是中意双方携手合作的成果，也是两国文化交流密切深入和两国人民之间深情厚谊的见证。丛书由中国少年儿童新闻出版总社策划，意大利知名童书作家塞西莉亚·拉泰拉与意大利著名画家詹卢卡·加罗法洛联袂创作。

达·芬奇、米开朗基罗和拉斐尔是意大利文艺复兴时期的艺术巨匠，在世界艺术史上具有重要的地位，他们的艺术成就、创新精神和卓越才华，对全世界美术的发展影响深远。本次意大利顶尖创作团队和中国专业童书出版机构的强强联合，使意大利文艺复兴时期创造的人类精神财富和文化遗产，以全新的面貌被中国乃至全世界少年儿童熟知。"我不是天才"丛书通过新颖别致的创作视角、丰富翔实的内容和精美生动的绘画，让全世界少年儿童可以跨越文化和地理界限，身临其境地感受三位艺术家的成长轨迹和创作过程，更加深入地了解这些艺术家的内心世界和他们对艺术的热爱与追求，在阅读的过程中收获成长与启示。

多年来，中国少年儿童新闻出版总社一直致力于整合世界优质出版资源，在版权贸易、人才交流等多方面进行探索与创新，形成优势资源互补，逐渐由单纯的版权引进，转向联合策划、共同创意、联袂开发、国内外同步出版的版权合作方式。近年来，中国少年儿童新闻出版总社出版的《熊猫勇士》《马可·波罗历险记》等享誉海内外的优秀儿童文学作品，就是此理念的实践成果。而"我不是天才"丛书的创作进一步扩宽了已有国际合作出版模式的广度和深度。意大利创作团队充分考虑到中国少年儿童的成长背景与精神需求，对作品进行多次修改和完善。在中意两国创作团队的努力下，"我不是天才"丛书在我国首次出版，中国少年儿童新闻出版总社拥有该丛书全语种在全世界授权的权利。这是中国少年儿童新闻出版总社立足全球市场，打造世界精品少儿读物的新尝试，有利于扩大中国童书出版的国际影响力，为推动中国文化"走出去"积累重要资源。

儿童是人类的未来，儿童读物是哺育儿童成长的重要精神食粮。优秀的儿童读物让少年儿童理解文明互鉴的意义、友好和睦的价值。希望"我不是天才"丛书在促进中意民心相通方面更好地发挥桥梁纽带作用，带领世界少年儿童共赏多元文化之美、共谋文明互鉴之道、共创命运与共之未来。

郭　峰

中国少年儿童新闻出版总社社长

致读者

亲爱的朋友们：

我怀着激动的心情给你们写下了这篇前言。我的名字叫皮埃尔·多梅尼科，是个意大利人。我是一名作家。几年前，我去上海参加了一次书展，在书展上我遇到了中国少年儿童新闻出版总社图书中心的负责人。在交谈中，我们一拍即合，想为意大利和中国的孩子讲述人类历史长河中伟大人物的故事。最终，我们选择了三位文艺复兴时期的艺术巨匠——达·芬奇、米开朗基罗和拉斐尔。

在接下来的阅读中，你们会发现许多惊喜，我不想提前剧透。但我想说的是，在我看来，文艺复兴时期的核心内容可以用一个词来概括，这个词在当下尤其具有现实意义，它不是"艺术"，不是"重新发现"，也不是"名望""财富""成功"，这个词是"合作"。

文艺复兴不仅对意大利而言是一个艺术大爆发的时代，我认为它对整个世界而言都是如此。文艺复兴时期，一个被岁月尘封的世界得以被重新发现，文艺复兴赋予这个世界以新的生命。这个世界围绕着一个中心思想而发展，即人是一种有思想的、复杂的、奇妙的、和谐的存在，人类所在的宇宙也和人类一样奇妙、复杂、和谐。

在欧洲，文艺复兴代表着一个极其富裕的时期，现代银行的概念就产生于文艺复兴时期意大利的佛罗伦萨。"我不是天才"丛书中提到的艺术家，在文艺复兴时期已经非常有名了，就像我们现在的摇滚明星、伟大的运动员一样有名。每个人都想拥有他们的绘画和雕塑，他们停留过的城市、街道、旅店都被人们纪念。

但是名望、财富、成功、艺术、金钱，这些全部都是合作的结果。文艺复兴是通过合作实现的。这要归功于工坊的出现。

文艺复兴时期的工坊既指一个具体的地方，也表示一种观念：不同的人，不论他们是否能干，他们都要共同合作，互相学习，从事一些非常困难的工作。在当时，如果你觉得自己很擅长绘画、雕刻或空间设计，善于建造圆顶、高墙和回廊，你就应该离开家去工坊参加工作——那里有很多像你一样善于绘画、雕刻、设计和建造的人。在工坊里，你需要做各种各样的准备来为大师的工作做准备：清洗和制作画笔，研磨产自阿富汗的青金石来制作最优质的蓝色颜料，用尺子测量大理石块，凿大理石打样……有时你也需要从头到尾制作一件完整的作品。

工坊里没有固定的规则，没有对艺术专门的分类。相反，正是因为无论是最不起眼的工作，还是最重要的工作，工坊里的艺术家什么都做过，什么都知道怎么做，他们当中才涌现了那么多杰出的艺术家。艺术家们最开始都是从兴趣出发，后来慢慢地将自己的天赋锻造成才能。艺术家的才能不仅变成了艺术品，也变成文字，因为这样可以将它传授给进入工坊的新学徒。因此，才能不仅仅存在于某个人、某个天才的身上，它是一座城市、一个国家、一个历史时代所共同拥有的智慧。

这就是合作，一种共同参与的智慧。合作并不会削减某个天才的才华，也不会夺走他的创意或才能，反而使它们倍增。

怀着这一想法，十年前，我在伦敦成立了一家工作室，工作室的名字叫作 Book on a Tree. 你们手中的这套书就是 Book on a Tree 工作室与中国少年儿童新闻出版总社的编辑团队合力完成的。正是中意两国编辑团队与意大利艺术家高效而默契的沟通，才使这套丛书汇聚了各方智慧，顺利与中国的少年儿童见面。非常感谢出版过程中各方的努力！

祝你们阅读愉快！

皮埃尔·多梅尼科·巴卡拉里奥

意大利著名儿童文学作家、中意出版文化协会主席

Book on a Tree 创始人

学习、理解并超越，这就是我从大师们身上所领悟到的：每一位大师都有值得你学习的地方，每一位大师都有你可以超越的地方。

——拉斐尔

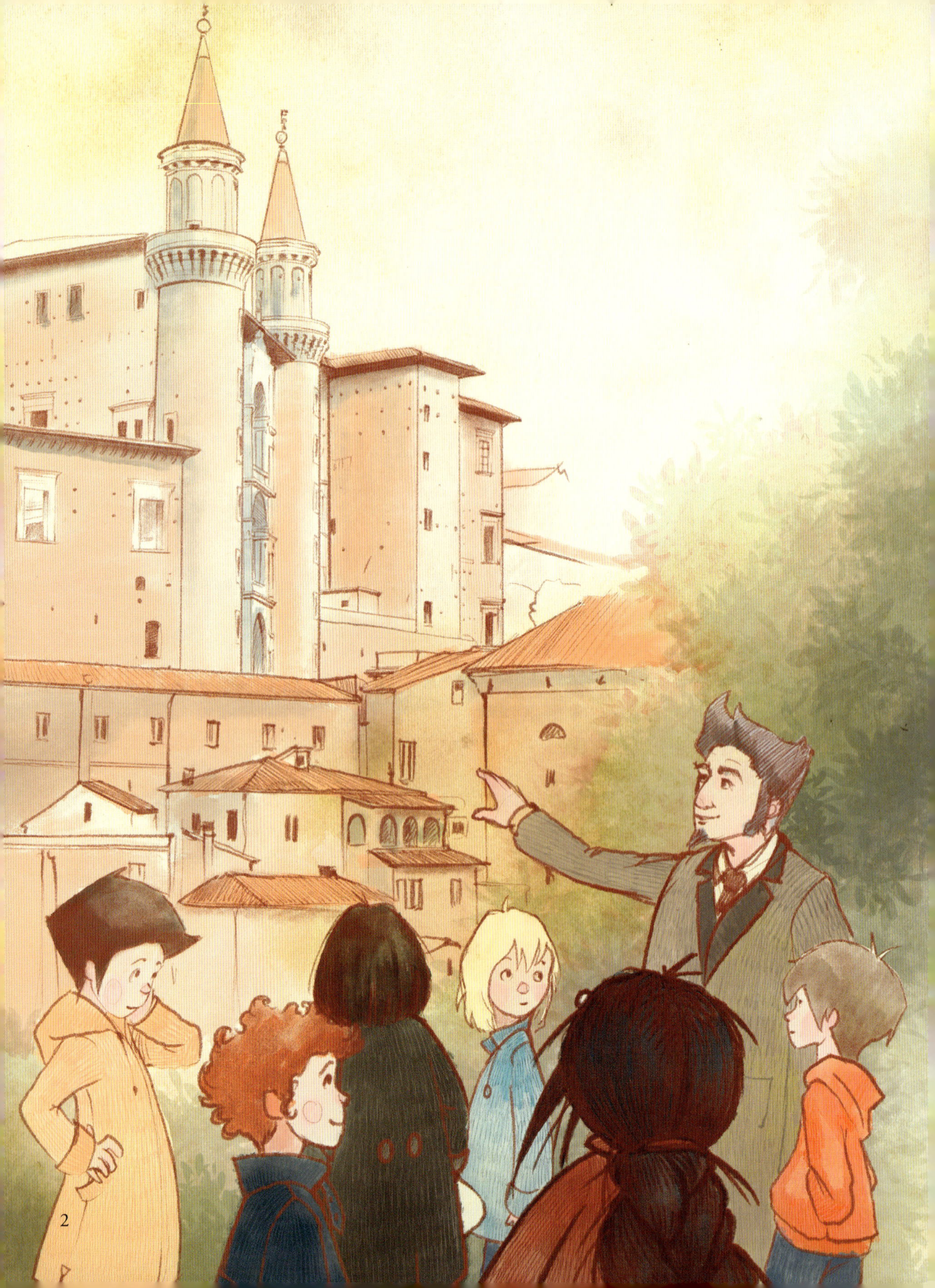

"今天上午,大家在参观公爵宫的时候都表现得很好,现在你们可以自由活动了。半小时后回到这里集合,好吗?记得要和同一组的小伙伴们一起行动,一定要按时回来。半小时后,返回学校的大巴将会准时发车!"老师叮嘱同学们。

克里斯蒂娜和同学们一起来到乌尔比诺游学。这是一座具有浓厚文艺复兴气息的小镇,位于亚平宁山脉的一侧,与她居住的城市佛罗伦萨遥遥相对。

乌尔比诺很远,他们乘坐大巴花费的时间甚至比在乌尔比诺游玩的时间还要长。

上午，他们参观了公爵宫，然后吃了午饭，转眼间就要准备离开这里了！克里斯蒂娜感觉她还没有利用这次机会好好逛逛这座小镇呢。

于是，她向小组的同学们建议："这里还有很多地方值得逛一逛呢，我们去参观古建筑吧！"

"可是我们自由活动的时间只有半小时,"米琪拉说,"还是去逛纪念品商店吧。"

"我们上去看看风景怎么样!"朱塞佩提议。的确,乌尔比诺依山而建,房屋错落有致,放眼望去周围山谷的迷人景色尽收眼底。

"我想买个纪念品回去送给弟弟,"毛罗说,"我们去纪念品商店吧。"

"我也想买纪念品。"艾米利亚说,"少数服从多数,我们快走吧。"

于是,他们朝着纪念品商店走去,克里斯蒂娜失望地跟在后面。

当他们走到纪念品商店时，马路对面的一幢建筑引起了克里斯蒂娜的注意，门口的牌子上写着："拉斐尔的出生地"。这个名字立刻激起了她的好奇心，难道这指的是文艺复兴时期的伟大艺术家拉斐尔·圣齐奥？之前，克里斯蒂娜已经在非常特殊的情况下遇见过达·芬奇和米开朗基罗了，他们和拉斐尔并称"文艺复兴美术三杰"。

不过，她还是跟着同学们一起走进了纪念品商店，许多纪念品上都印着拉斐尔画的著名的两位沉思天使。克里斯蒂娜之所以能认出这个图案，是因为她的外公是个艺术迷，曾多次给她展示过这幅画。外公曾对她说："那个用手托着下巴的天使，让我想起了小时候的你。"

克里斯蒂娜想：既然来了，我至少可以买一件印有天使图案的礼物送给外公。

她挑选了一个杯子并付了钱，然后看了看周围，同学们都还在忙着买东西呢。

　　克里斯蒂娜自言自语道："还有一点儿时间，我可以跑去对面逛逛了。"

　　她悄悄地溜出了商店，以为没人会注意到自己，但艾米利亚发现了，向她喊道："你要去哪儿？我们得待在一起！"

　　"我马上就回来！"克里斯蒂娜回答道，然后就跑开了。

她穿过马路,来到拉斐尔故居门口。
犹豫片刻后,她推开门,走了进去。

屋里没有人。克里斯蒂娜爬上楼梯,面前有两扇门。她走进右边的那扇门,来到了一个小房间,结果房间里又有几扇门和一个楼梯。现在该怎么办呢?她正想着,发现其中一扇门通向一个庭院,于是她决定到外面看看。

"这里有人吗？"她问道，但没有人应答。

庭院的中央有一口井。克里斯蒂娜走到井边，然后转过身来回看她刚才经过的屋子，发现其中一面墙挨着两扇拱门，她意识到这座建筑很古老，或许建造于中世纪时期。她看了看这些砖墙和头顶上方向外延伸出的露台，心想：竟然一个人也没有，那我再去其他房间看看吧。

可她一转身，却发现自己并非孤身一人。

突然间，一个头发齐肩、身穿黑色天鹅绒大衣的年轻人出现了。他坐在一个画架前，手里拿着调色板和画笔。

克里斯蒂娜目瞪口呆地看着他。这个年轻人转过身来，微笑着对她说："在室外画画是如此美妙，你不觉得吗？"

"不好意思,可是……您是从哪里来的?"
"这就是我家啊。"年轻人继续微笑着,回答道。
"您家?那么,您就是……拉斐尔?!"

"你认识我?"画家问道。

"当然认识!您非常有名!"

"你太客气了。"拉斐尔说着,谦虚地低下头。

"这是您画的天使!"克里斯蒂娜说着,从手里的购物袋里拿出杯子给他看。

"我画的天使？这确实是我画的，可是……它们怎么会出现在杯子上呢？"

"这说来话长。"克里斯蒂娜答道。她之前已经偶遇过达·芬奇和米开朗基罗，她觉得自己可能可以在现实世界和画家们所处的世界之间穿梭。

"真有意思！"拉斐尔观察着杯子上印的图案，感叹道，"现在，请原谅我冒昧地问一下……你为什么会在这里？我有什么可以帮到你的吗？"

"我想参观这栋房子!"克里斯蒂娜回答,"我是来乌尔比诺游学的,我可不想遗憾地什么也没看就直接回去了。"

"好的,那请随意逛逛吧。"拉斐尔伸出了手,对克里斯蒂娜说道,"看来你已经认识我了,但我还不知道你是谁。能告诉我你的名字吗?"

"抱歉,我都忘了介绍自己。当然可以!我叫克里斯蒂娜。"她一边说,一边也慌忙地伸出了手。拉斐尔轻轻地握了下她的手,向她鞠躬致意。

"很高兴认识你!"他说道,"乐意为你效劳。"

"您正在画什么?"克里斯蒂娜走到画布前问道。

"目前只是一幅风景画。稍后,我还会加入一个人物,使它变成一幅肖像画。"拉斐尔一边说,一边把纪念品杯子放在井沿上,朝屋内走去,"既然你想参观我家,那就请跟我来吧!"

克里斯蒂娜赶紧跟在他身后。

拉斐尔向她解释说:"这栋房子之前是我父亲的。他也是一位画家,曾经为乌尔比诺的公爵们,也就是达·蒙特费尔特罗家族工作。费德里科·达·蒙特费尔特罗公爵在乌尔比诺修建了公爵宫,促进了宫廷艺术的发展。"

"今天上午,我去参观了公爵宫。"克里斯蒂娜说。

"看来你已经对它有所了解！话说回来，现在它在整个意大利都很有名。正如我刚刚提到的，公爵非常在意宫廷建筑的艺术性。修建宫殿遵循的原则之一就是追求万事万物的和谐，无论是设计理念，还是外在呈现形式都要符合'和谐'的原则。"

"画画也要按照这个原则吗？"

"当然，绘画也是如此。和谐是艺术的基础。从构图到色彩，一切都必须保持和谐与平衡。任何东西都不应该显得突兀或格格不入。"

接着,拉斐尔带领克里斯蒂娜走进了另一个房间。在他们面前的墙上,有一幅小壁画。

"这是我小时候的作品。"拉斐尔说,"完成这幅画的时候我只有15岁。"

"哇!"克里斯蒂娜惊呼道,"您的家人竟然会让您在家里的墙上画画?"

拉斐尔笑了笑。"他们觉得,一幅小小的壁画也是我绘画技艺的展示。"

克里斯蒂娜若有所思，喃喃自语道："不知道我的家人会不会允许我在家里的墙上画画。我或许可以尝试一下。"

拉斐尔问："你的家里会挂一些绘画作品吗？"

克里斯蒂娜回答："墙上挂了一些，妈妈还会把我的一些画挂在走廊里。"

"我开始工作后,许多有钱人或贵族开始委托艺术家画画,用这些画作来装饰他们的家。说实话,在画完这幅小壁画之后,我就很少有机会只为自己画画了,几乎总是在为别人作画。"

"这么说,您专门为您的客户画画?"

"是的,当然。我和我的工作室有自己的客户。在我所处的时代,艺术品收藏成了一种展示个人财富和社会声望的方式。有能力的人都会委托艺术家创作绘画和雕塑作品,作为家里的装饰。"

"您为他们画了些什么呢?"

"大多是虔诚的场景或肖像画。"拉斐尔回答道,"但我认为,我的作品最吸引人的地方在于绘画的方式,而不仅仅是画面的内容。其他画家希望在他们的绘画作品中传达一种距离感,看画的

时候，仿佛你在观察一个遥远的场景，而不是日常的家庭生活环境。而我，希望带给人们一种亲近、熟悉的感觉。优雅、和谐和简约是我为自己设定的创作目标。这些画作必须能够给周围的环境增光添彩，令人愉悦，让欣赏它们的人感到舒适。"

"确实是这样。"克里斯蒂娜点了点头，说道，"看着您的画，会有一种熟悉的感觉。"

　　"让深奥的概念变得直观易懂，这始终是我的目标之一。"拉斐尔说，"画面必须让人一看就能够理解——这也是我创作时遵循的'和谐'理念的一部分。"

拉斐尔把克里斯蒂娜带到另一个更大的房间，克里斯蒂娜发现，周围的墙上挂满了她刚才没见过的画作。这些画都是肖像画，大多是半身像，面朝观众。有的男人留着胡须，有的女人额头饱满，穿着袖子宽大的长裙。

"这些画大部分画的是我的客户或他们的妻子，"拉斐尔指着墙上的画解释道，"也有些是朋友的肖像画。"

"拉斐尔，您知道吗？"克里斯蒂娜有点儿不好意思地对他说道，"其实，我也喜欢画画，大家都说我画得很好。有时，还有人请我为他们画肖像画。但我总觉得画肖像好难啊。相比之下，创作新的人物形象似乎要容易得多。"

"你说得对,画肖像并不容易——你不仅要忠实地再现绘画对象的特征,还必须确保他们对此感到满意!"拉斐尔笑着说。

"那么,请快点儿告诉我,您是怎么做到的呢?"

"你需要非常耐心地观察对方的面部特征,除此之外,还要注意对方的姿势和头部的偏向。这样不仅能再现人物特征,还可以体现出人物的性格。这不是一件容易的工作,但当你成功做到时,它会给你带来极大的满足感。"

"这些肖像画让我想起了达·芬奇的作品。"克里斯蒂娜观察着说道,"他也画了人物的四分之三部分,画中人的手臂与画面底边齐平,脸朝向我们。"

"你知道达·芬奇大师？"拉斐尔眼前一亮。

"是的，我见过他。"克里斯蒂娜答道，马上回想起了她与这位艺术家激动人心的相遇过程。

"他是我的偶像之一！"拉斐尔感叹道，"他创新了描绘人物的方式。你的观察是准确的。我的确仔细研究过他的绘画风格，特别是他对于画中人物位置的设计以及晕涂法的使用——也就是从一种颜色过渡到另一种颜色的技巧。毫无疑问，他是我肖像画的启蒙者。"

克里斯蒂娜从一幅画走到另一幅画前,仔细地观察着它们。
"刚才您说'我和我的工作室',是什么意思呢?"她问。

拉斐尔张开双臂,房间里立刻出现了画架和白色的画布,还有一张桌子,上面放着几个装满彩色颜料的碗。

"我刚才说过,我的父亲就是一位画家,他的工作室就在这儿。绘画大师们并不是独自一人作画,有些工作由助手完成。如果一个年轻人想成为艺术家,他就会加入一位绘画大师的工作室,慢慢接受绘画和雕塑艺术的训练。一开始,助手只承担一些简单的工作,比如研磨颜料;随后,他开始调配颜料、搅拌创作壁画用的灰泥浆;然后,助手可以学会把草图上的人物或场景转描到墙上;等助手技艺成熟,就可以帮助大师绘制部分画面,比如背景或次要的人物形象。"

与此同时，克里斯蒂娜正在观赏着碗里的研磨颜料。"这么说，每件艺术作品都是团队合作的结果喽？"她问。

"没错，从学徒到经验丰富的助手，每个人各司其职，在共同完成作品的过程中发挥着自己的作用。"

"但和其他人合作是一件很困难的事。"克里斯蒂娜指出。她之前不得不和几个同学一起为戏剧演出画背景板，一开始，他们就遇到了一些困难。

"这可能会有些难，但归根结底，'和谐'的理念始终适用。我很擅长和工作室的学徒以及其他艺术家合作，这和我的绘画能力不相上下。协调一群画家工作就像指挥一个交响乐团一样——你必须让每个人都演奏出正确的音符，而且不能让任何人黯然失色。我想再给你看一些作品，可以吗？"

"当然了！"克里斯蒂娜回答道，蹦跳着回到拉斐尔身边。

拉斐尔打开一扇门,一瞬间,他们来到了一个完全不同的房间,比他们之前去过的房间大了许多,墙壁和地板都装饰得十分精美。而之前的那些房间除了绘画作品以外,室内装饰都是简单又朴素的。

"哇!"克里斯蒂娜惊呼,"我们这是在哪里?"

"这里是梵蒂冈签字大厅，"拉斐尔解释道，"它是梵蒂冈教皇住处的一部分。"

"我们怎么会在这里？刚才还在乌尔比诺呢！"

"这就是艺术的魔力呀！"拉斐尔说着，对她眨了眨眼睛。

克里斯蒂娜惊讶地看着这个巨大的房间,地板上铺满了几何图形的瓷砖,天花板也十分华丽。四面墙上除了门和窗户的位置外,几乎全都布满了壁画。这些壁画非常复杂,画中有几十个甚至上百个人在交谈。

"正如我之前说的，我的一些客户是贵族，他们想要用绘画作品来装饰自己的私人住宅。"拉斐尔说，"从某种意义上讲，这也是一份类似的委托工作，只不过规模要大得多。这些房间是教皇举行会见和作为法官和行政长官工作的地方。你看到的这个房间只是我受委托负责装饰的四个房间之一。如果没有这些忠诚的助手们，我永远都画不完！"

克里斯蒂娜继续欣赏着墙上的壁画。"他们是怎么帮助您的呢？"

"壁画的创作过程涉及很多步骤。我一般负责构思、设计和绘图，然后我的学生们和助手们负责将图画转描到墙上。"

"你们具体是怎么做的?"

"你可以沿着作品草图的轮廓打很多小孔,然后把画稿紧贴在墙壁上,将木炭粉包在质地稀疏的平纹小布袋里,然后拍在针孔上。这样一来,木炭就会留在孔下的湿灰泥壁上。除此以外,还有许多工作要做,比如准备灰泥、创作背景甚至各种人物。我给学生们和助手们留出足够的空间来创作,他们不仅仅是助手,更是真正的共同创作者。"

"米开朗基罗也画过一幅巨大的壁画。"克里斯蒂娜回忆说,"但是,除了抹灰泥之外,其他工作都是他自己完成的。"

"啊,是的……他是个天才,比较有个性。"拉斐尔感叹道,"而我呢,一直都很善于与他人交往,我总是努力和每个人保持良好的关系。米开朗基罗的性格与我截然不同,但我还是很喜欢他的。你看那边!"克里斯蒂娜朝着拉斐尔指的方向看过去,那里的两幅壁画是房间里最大的。拉斐尔指着其中一幅中间的人物,说道:"我把哲学家赫拉克利特[①]画成了米开朗基罗的样子。"

"哦！真的是他呢！"克里斯蒂娜很容易就认出了米开朗基罗。

"是不是很像他？另一个人是柏拉图②，他的样子让你想起了谁？"

克里斯蒂娜看得更仔细了。"我知道！是莱昂纳多·达·芬奇！"

"没错！这幅画里还隐藏着许多其他人的肖像，有画家，也有教廷的成员。最右边那里还有我的自画像。这幅壁画展现的是古代的哲学家们，他们的理念对文艺复兴时期的思想产生了巨大的影响。你看，壁画中间是两位最伟大的哲学家——柏拉图和亚里士多德③。他们一个人手指向上方，代表思想的世界；另一个手指大地，象征着经验的世界。"

"在您的时代,这些古代哲学很重要吗?"

"是的,在我的时代,人们不仅认为哲学很重要,还重新挖掘古代的艺术和文化。特别是罗马,人们对这座城市的建筑产生了极大的兴趣。人们希望复兴古罗马的古典文化。为此,人们修建了道路和建筑,重新去探索几个世纪以来被遗忘的那些遗址。"拉斐尔兴致勃勃地解释道。

"我知道,这就是我们现在所说的'考古学'!"克里斯蒂娜激动地说。

突然间，他们已不在梵蒂冈签字大厅，而是来到了古罗马的废墟中，置身于白色大理石拱门和圆柱之间。

"罗马到处都是古代的建筑。在中世纪，这些遗留的建筑材料——大理石块、圆柱、雕像……都被人们从原地搬走，重新用于搭建新的建筑。"拉斐尔继续说。

"就像回收旧物品,来生产一个新物品那样?"

"是的。当时的人们并没有考虑将古建筑按原样保存下来。然而,到了我那个时代,开始流传着这样一种观点:古物应该被完好地保存起来。于是,第一批私人古董收藏也随之兴起,人们开始收藏那些在古建筑中发现的雕像和工艺品。"

"后来就有了博物馆!"克里斯蒂娜总结道,她很自豪自己想到了这个。

"我想,是这样的。"拉斐尔笑道,"教皇任命我管理遗迹中的大理石和其他石头——其实就是文物管理员。我的任务是绘制一幅古罗马地图,并且画出人们发现的古迹和文物。这是我最引以为傲的工作之一。"

"祝贺您!"克里斯蒂娜说。

拉斐尔指向远处的一座宫殿，虽然有的墙体倒塌了，但仍然可以从断壁残垣中看出它曾经的辉煌。

"我仍然记得我们进入尼禄金宫④时的情景。几个世纪以来，这座宫殿一直被人们遗忘，我们只能通过一个牧羊人偶然发现的洞穴进去。在里面，借着火把的光亮，我们发现了古罗马时代的壁画和墙面装饰……这成了我们重要的创作灵感来源。来吧，我带你进去看看。"

拉斐尔在原地转了个身，转瞬间，他和克里斯蒂娜就来到了一条长长的凉廊，凉廊通向一个大大的庭院，柱子和廊顶上有一些奇怪的装饰图案。

　　"你看到那些图案了吗？"拉斐尔指着这些柱子，对她说，"这些正是我的学生们在尼禄金宫的启发下创作的。"

　　克里斯蒂娜仔细观察着，这些图案由人、动物、植物或其他奇怪的生物组合而成，看起来非常奇怪。⑤

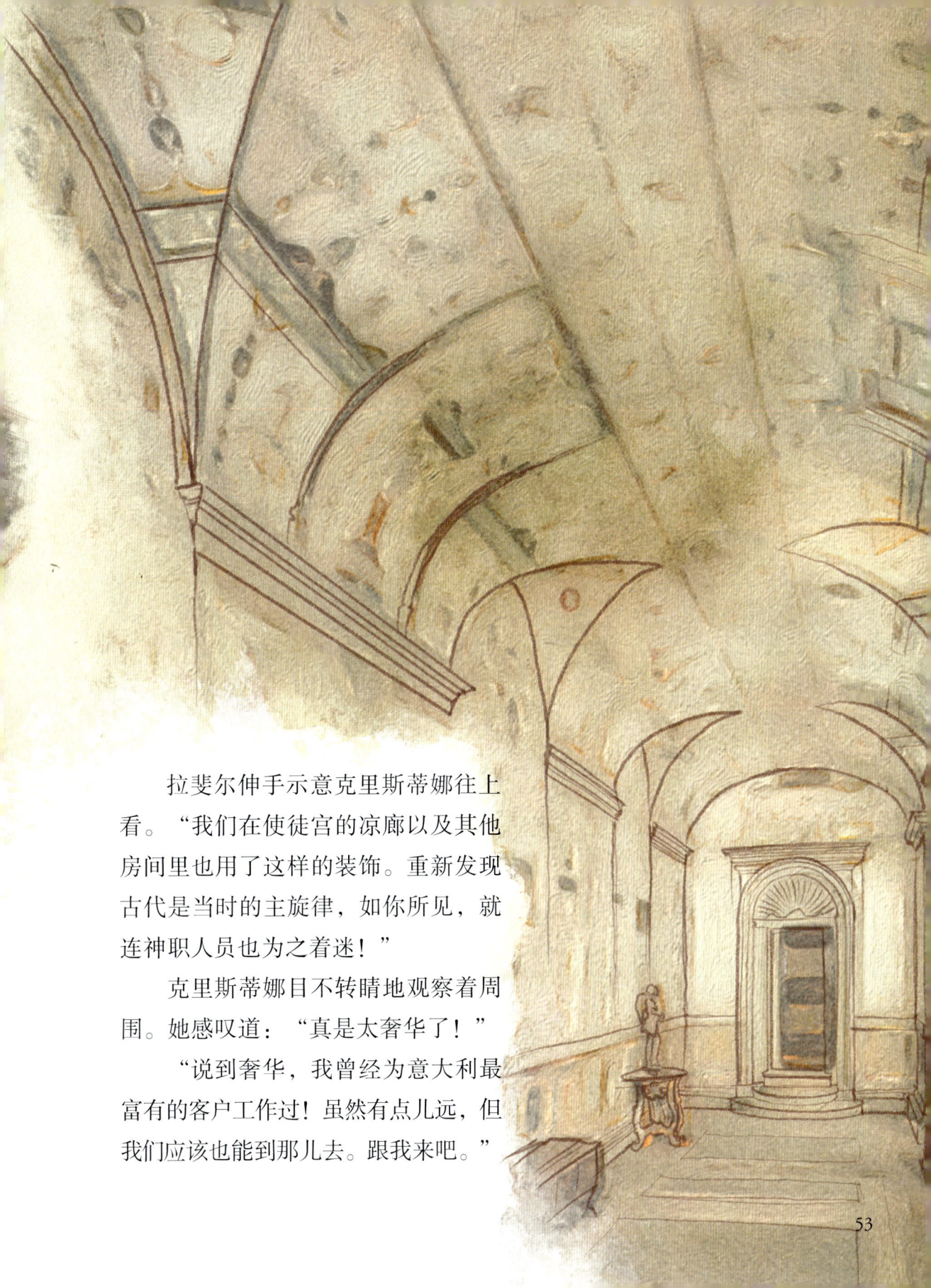

拉斐尔伸手示意克里斯蒂娜往上看。"我们在使徒宫的凉廊以及其他房间里也用了这样的装饰。重新发现古代是当时的主旋律,如你所见,就连神职人员也为之着迷!"

克里斯蒂娜目不转睛地观察着周围。她感叹道:"真是太奢华了!"

"说到奢华,我曾经为意大利最富有的客户工作过!虽然有点儿远,但我们应该也能到那儿去。跟我来吧。"

拉斐尔走近其中一根栏杆,好像要跳下去。

"拉斐尔,您要干什么?!"克里斯蒂娜惊恐地喊道,"下面可是院子!"

"别担心,"拉斐尔说,"我们很快就到。你还记得吗?这就是艺术的魔力呀!"

他伸出手,克里斯蒂娜赶紧握住了他的手。

"一,二,三……"拉斐尔念叨着,然后拉着她一跃而起。克里斯蒂娜紧紧闭上了眼睛。

他们降落在一个花坛里,背后是一座白色大理石别墅。
"你看吧,我们很快就到了!"拉斐尔说着,松开了她的手。
"我没有受伤吧?"克里斯蒂娜问。
"当然没有啦。"拉斐尔微笑着说。

"那我们现在在哪里?"克里斯蒂娜看着那栋别墅,疑惑地问道。

"这是阿戈斯蒂诺·奇吉的别墅,他是一位富有的银行家和赞助人。别墅内部全部装饰着以古典神话为题材的壁画。古代的文化启发了现代的创作,现代的艺术因而颇具古韵。"

拉斐尔带克里斯蒂娜来到花园旁边的凉廊，并示意她抬头看廊顶。这个精心装饰的穹顶看起来就像是花园的延伸，用花草树木图案绘制的绿带将一幅幅壁画分隔开来。

克里斯蒂娜抬着头边走边看，拉斐尔向她解释说："这里画的是普赛克[⑥]的神话故事。"接着，拉斐尔带她走进了旁边的房间，一幅精美的壁画映入眼帘——一位女神驾驶着由海豚牵引的战车飞驰在海浪之上。"这幅壁画画的是女神加拉提亚[⑦]的故事。"拉斐尔解释道。克里斯蒂娜点点头，她在古希腊神话故事中读过加拉提亚的故事。

他们慢慢地来到另一个房间。克里斯蒂娜走得很慢,这样才能仔细地观察四周的壁画。

"您创作了这么多画,"她说,"遇到的最大困难是什么?"

拉斐尔谦虚地笑了笑。

"有一段时间,我是意大利最受欢迎的画家。在短短几年里,我创作了许多作品。如果我无法和助手们高效合作,我根本不可能完成这么多的工作!有些客户不得不等上好几年才能收到他们想要的作品,所以我没什么可抱怨的。"然后,他抬起头,凝视着远方,"我从小就学习画画,学习绘画的过程中要攻克很多绘画技法的难关,不过,无论是油画还是壁画,我都能很快掌握基本技巧。而且,在成为绘画大师之前,我有很多时间进行练习。"

"熟能生巧,所以勤学苦练就能成为大师吗?"

"一定需要大量的练习。"拉斐尔肯定地说,"但如果没有特殊的天赋,光靠练习是不可能完成伟大的作品的。我不是在自夸,其他人都说我很有天赋,他们甚至称我为'艺术王子'。克里斯蒂娜,你看,事实是这样的:天赋不仅包括把事情做好,还包括从容、自然而然地把事情做好。这就是'优雅',是我和同时代所有大臣追求的理想。我的朋友巴尔达萨雷·卡斯蒂利昂在他的《侍臣论》一书中,很好地描述了'优雅'和'从容'的概念,他称之为'sprezzatura'(意大利语),即'松弛''得心应手'。我给你看过卡斯蒂利昂的画像吗?"

"我不记得了。"

"那我们回去看一看吧。"

拉斐尔再次牵起她的手,带她跳过了普赛克凉廊的栏杆。就像施了魔法一样,他们又回到了挂着肖像画的房间。

"那儿,就在我的自画像旁边,"拉斐尔指着画说,"那个留着胡子的男人就是我的朋友卡斯蒂利昂。我还为他单独画了一幅半身肖像画。"

克里斯蒂娜点了点头。

"正如我告诉你的那样,"拉斐尔继续说道,"无论是在我的行为举止上,还是在绘画方式上,我一直都坚持这种优雅、自如的风格。至于结果如何,就留给别人去评判吧。"

克里斯蒂娜转过身来,再次看向房间四周的壁画。"的确,我刚才看到的所有作品,无论是这些大型壁画还是圣母像,都给人一种优雅、自然、和谐、亲切的感觉。"她略有所思,然后对拉斐尔说道。

"谢谢你,"拉斐尔回应,"绘画中的优雅与和谐,是非常相似的。"

"在您的作品中,每个人看起来都是平和、安详的。"克里斯蒂娜继续说,"您从来没有画过愤怒或者悲伤的人吗?"

"确实,在大多数情况下,我描绘的都是快乐平和的情绪。"拉斐尔回答说,"但我也画过一些狂乱的场景。我们去看看吧。"

他们从签字大厅出来,走进了隔壁的房间,拉斐尔说这个房间被称为赫利奥多鲁斯厅。

"比如,我们看那幅画,"拉斐尔指给克里斯蒂娜看,"那是邪恶的大臣赫利奥多鲁斯[8]被驱逐出神殿的场景。你看,赫利奥多鲁斯被击倒在地,他抢来的财宝散落在面前,而这时神圣的正义之马即将压倒他。"

"还有那幅。"拉斐尔带领着克里斯蒂娜走进另一个房间。

"这幅壁画更有戏剧性！"克里斯蒂娜感叹道。这幅画描绘的是一个悲惨的场景：左边是一栋被大火吞噬的建筑，一些人正在逃离火场；一个年轻人刚翻过墙面；一位母亲努力救出一个刚出生的婴儿；在右边，一些人正在泼水灭火。在画面中间，一群绝望的妇女试图保护一些孩子。

"这是《博尔戈的火灾》。"拉斐尔解释道,"博尔戈是罗马的一个街区,几个世纪前曾发生过一场严重的火灾。在这里,我试图将现代场景与古典主义结合起来。根据传说,罗马是由特洛伊流亡者的后裔所建立的,所以,这里我将罗马表现为被火焰摧毁的特洛伊。那个扛着年迈父亲逃离的男人就像特洛伊英雄埃涅阿斯⑨,他后来逃离了被摧毁的特洛伊,来到意大利。画面远处,处于中间的是罗马教皇,多亏了教皇祈祷,大火最终才得以扑灭。"

"这个场景真的一点儿都不平和！整幅画都布满红色火焰和黑色浓烟。"克里斯蒂娜观察着说道。

"我在这儿工作时，米开朗基罗就在不远处专心致志地作画，例如人们熟知的那幅《西斯廷教堂》。在作品完成之前，他不想让任何人看到，但有时我会悄悄溜进去欣赏他的作品。我经常向周围的艺术家学习，而他的作品也对我产生了很大的影响。尽管我更喜欢和谐，但我的目标是掌握各种类型的绘画表现形式，当然也包括戏剧性的表达。而米开朗基罗正是我学习展现画面张力最好的导师。"

"如何在作品中表现出您说的张力呢？"克里斯蒂娜问。

"可以从多个角度着手。"拉斐尔回答道，"先从绘画角度来说，你可以增加人物身体的动态姿势。一个转身朝向另一个方向、双臂伸展、肌肉发达的人物，看起来会比一个站得笔直、手臂贴着躯干的人物显得更加有活力。脊椎的扭转特别能增加画面的动感。当然，还有人物的面部表情，我们称之为角色的表现力。"

"就像舞台上的演员一样?"

"没错。第二个方法就是选好人物所表现的内容,也就是绘画作品的主题。"

"也就是说,绘画之前就要决定画一个本身就充满戏剧性的主题,还是描绘一个宁静的场景。"克里斯蒂娜若有所思地说。

"没错。此外，我们还可以通过色彩的运用来展现画面张力。"

"比如运用互补色？红色和绿色，橙色和蓝色，它们能让彼此的颜色更加突显，对吗？"

"你真聪明！正是如此！当绿色和红色这两种颜色搭配在一起同时呈现时，就会显得彼此更加鲜艳。而绿色又是由另外两种原色——黄色和蓝色组成。"

"我说过呀，我也会画画呢！"

"那我再给你看一件与颜色有关的作品吧。"拉斐尔说。

他们回到赫利奥多鲁斯厅,拉斐尔给克里斯蒂娜指了指《被驱逐的赫利奥多鲁斯》旁边的壁画。"这是《解救圣彼得》。"他告诉她。

"我可以自豪地说，这是意大利艺术史上第一次尝试用人工特定光源营造出光影效果。这幅壁画分为三个部分，在每一个部分中，我都插入了一个不同的光源。左边的夜景由火炬的光照亮；中间的和右边的夜景则由监狱栏杆里天使的光照亮，天使前来将圣彼得从监狱中解救出来。此前的绘画主要使用的是散射光，也就是太阳光，而佛兰德斯⑩艺术家们多年来一直在尝试使用蜡烛或其他光源制造出光线的明暗效果。在我看来，这是一种创新，可能会带来很好的效果。"

　　"我也这么认为。"克里斯蒂娜表示赞同。她知道，在随后几个世纪的绘画作品中，光与影将被大量运用。

"您确实应该为这幅壁画的光影效果感到自豪!可是,有没有什么作品是有争议的呢?"

拉斐尔想了一会儿。"嗯,有一副作品,有人认为它是对一位年迈大师的不尊重。在我还是个孩子的时候就认识一位大师,名叫佩鲁吉诺[⑪],他后来成了我的老师。后来,在我的事业刚起步的时候,有人委托我创作一幅画,展现在广场上举办婚礼的场景。当时,我模仿佩鲁吉诺的构图创作了这幅画,甚至在他的绘画基础上

做了更多改进：画面的纵深感更强，人物更加立体，人物与背景更加和谐，还呈现更多背景建筑的细节。有些人可能会认为这是在炫技，但我这样做仅仅是为了向大家展示我的绘画技艺。从那以后，我得到了越来越多重要的工作机会。"

伴随着拉斐尔的话语，他提到的作品就像变魔术一样出现在了他的身后。克里斯蒂娜想：艺术真的很神奇。不过，再次仔细观察这幅《圣母的婚礼》后，她又想到了另一个问题。

"我见过的这些绘画作品中,在您的许多画作里,都发现了像这幅画中背景一样复杂的建筑,有拱门、楼梯、圆柱……所以,您对建筑很了解吗?"

拉斐尔笑了起来。"你知道吗？你真的很善于观察！没错，我一直都对建筑及其基础——几何学很感兴趣。在很多作品中，我都选择建筑物的正面作为背景，就像在剧院看舞台一样。这样，观众就会感觉自己置身于眼前的场景中。我们的现实生活场景是由建筑组成的，因此，绘画时也必须展现它们。"

克里斯蒂娜很开心能够得到拉斐尔的赞美，她很得意。她对绘画的热情、对许多绘画作品的研究以及与达·芬奇和米开朗基罗的相遇，让她学会了仔细观察绘画。起初，一幅画可能看起来是一个统一的整体，但只要留心观察，就能够了解背景、人物、色彩、几何线条以及构图。

拉斐尔继续说："由于我对建筑的热爱，我在罗马的时候还参与修建了一些建筑。我之前说过，当时罗马正在进行大规模的城市改造。凭借着对古典建筑的了解，我参与了一些别墅、教堂和小礼拜堂的设计。作为一名建筑师，我的主要任务是监督修建圣彼得大教堂，那或许是当年罗马重建时最重要的建筑了。"

拉斐尔话音刚落，他所提到的建筑模型就出现在了他们周围，像展览馆里的互动装置那样不停地旋转展示着。

"那么，我们今天看到的大教堂就是您的作品喽？"

"实际上，并不是……我曾画过一张新的平面设计图，把它纵向加长，但后来这个设计没有被采纳。"

这时，一阵嘈杂声让克里斯蒂娜分了神，她这才意识到自己已经在拉斐尔的工作室里待了很长时间。

"我得走了!"她惊叫道,"大巴要开了,恐怕已经发车了!我得回去找我的同学们!"

"别担心,"拉斐尔告诉她,"我们马上就能回到家。"

拉斐尔打开一扇门,他们立刻又回到了他位于乌尔比诺的家中,就在他们欣赏肖像画的那个大房间里。

"我得把送给外公的杯子拿回来!"克里斯蒂娜穿过房间,走到院子里。杯子还放在井沿上。

克里斯蒂娜拿起杯子，转身对拉斐尔说："希望我还来得及赶回去！拉斐尔，谢谢您带我参观，让我看到了我想看的一切，甚至比我想象的更有意思！"

"不客气，"拉斐尔回答道，"但你不会只想带着这个杯子离开吧？我可以给你更好的礼物，回去送给外公。"

"谢谢，但是没有时间了，我真的要迟到了。"

"我向你保证，不管是什么车，你都会及时赶上的。"

拉斐尔在画架前坐下,拿出一支铅笔和一张纸,迅速开始画了起来。他快速而自信地画着;与此同时,克里斯蒂娜焦急地左右晃动着身体,既忍不住想看画,又生怕大巴车要开走了。

几分钟后,拉斐尔画完了。克里斯蒂娜欣喜地发现,画中人竟然是自己。

"你的外公肯定会喜欢这幅画的。"拉斐尔说。

"谢谢您,拉斐尔!"克里斯蒂娜激动地感叹道,"不过,我也必须送给您一个礼物。我只有这个杯子,但我希望它足够……"

"印着我画的天使的杯子?当然可以!这样,我就能研究如何在杯子上复制天使图案了。"

克里斯蒂娜把杯子递给了他,然后接过那幅画。她小心翼翼地把画纸卷起来,这样拿着就不会弄皱它了。

"谢谢你，克里斯蒂娜！"拉斐尔说。

"别这样说，应该是我谢谢您！"克里斯蒂娜边卷画纸边抬起头，大声回答道。但是，刚才还在她面前的拉斐尔，现在已经消失了！画架也不见了！

"拉斐尔?"克里斯蒂娜试着喊了一声。"谢谢您,拉斐尔!不过,现在我真的得走了!"

克里斯蒂娜飞快地穿过院子,下了楼梯,离开拉斐尔的家。如果妈妈知道班里的其他同学都走了,而她留在了乌尔比诺,她会多么担心啊!

"啊,你在这里呀!"克里斯蒂娜在门口差点儿撞到艾米利亚。

"我迟到了吗?其他人都走了吗?"她气喘吁吁地问。

"没有,"艾米利亚回答,"我们现在正要去集合地,还有10分钟。"

这怎么可能?克里斯蒂娜想不通。

"这就是艺术的魔力呀……"拉斐尔的声音在她耳边回响了起来。

"你不是买了一个杯子吗?你把它放哪儿了?"艾米利亚问。

"啊,我把它换成了更珍贵的东西。"克里斯蒂娜握着那幅拉斐尔画的肖像画,回答道。

"这是什么?"艾米利亚问。

"一个秘密!"

艾米利亚耸了耸肩。"好吧。那我们走吧,大巴车在等着我们呢。"

"谢谢!"克里斯蒂娜一边跟着艾米利亚,一边转身朝向拉斐尔的家,小声地说,"这绝对是一个我们将永远珍藏的礼物!"

注释表

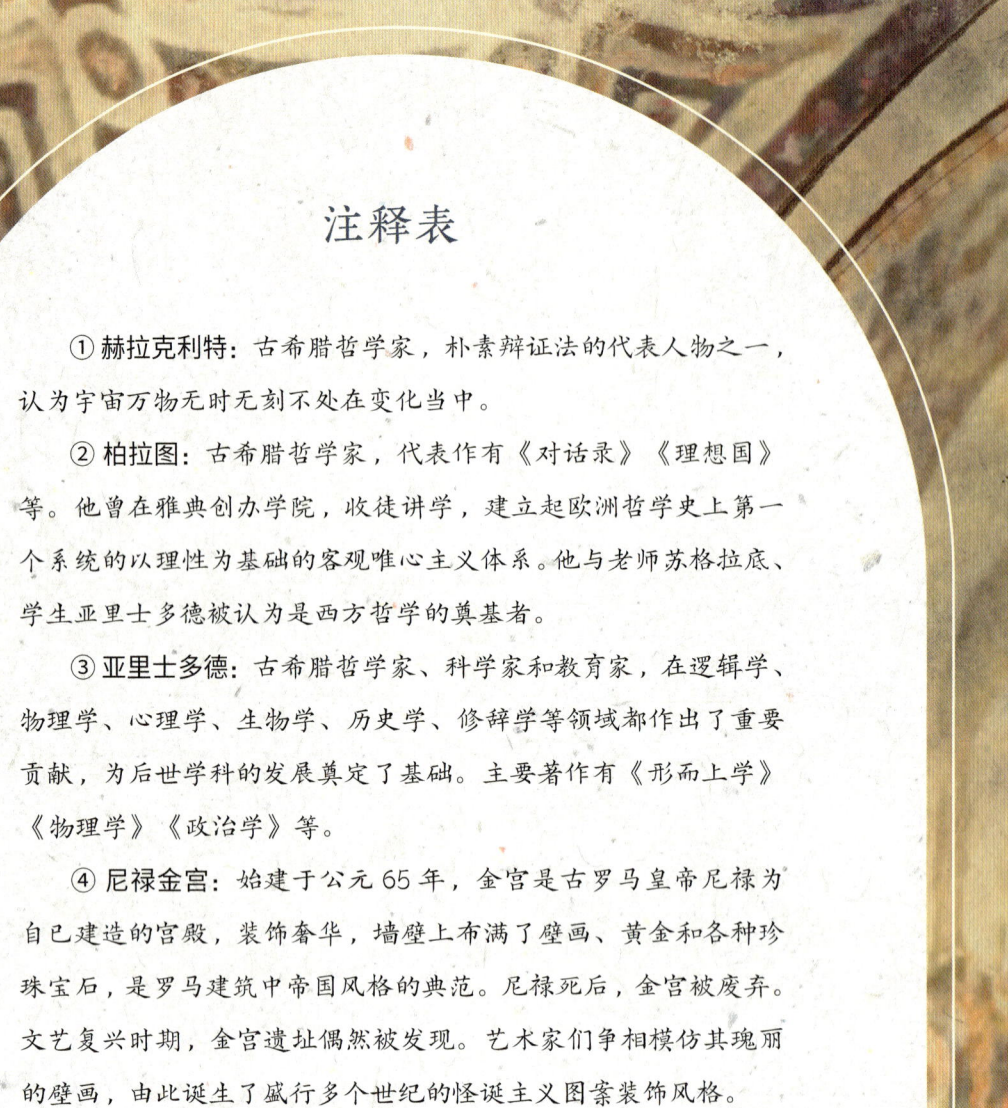

①赫拉克利特：古希腊哲学家，朴素辩证法的代表人物之一，认为宇宙万物无时无刻不处在变化当中。

②柏拉图：古希腊哲学家，代表作有《对话录》《理想国》等。他曾在雅典创办学院，收徒讲学，建立起欧洲哲学史上第一个系统的以理性为基础的客观唯心主义体系。他与老师苏格拉底、学生亚里士多德被认为是西方哲学的奠基者。

③亚里士多德：古希腊哲学家、科学家和教育家，在逻辑学、物理学、心理学、生物学、历史学、修辞学等领域都作出了重要贡献，为后世学科的发展奠定了基础。主要著作有《形而上学》《物理学》《政治学》等。

④尼禄金宫：始建于公元65年，金宫是古罗马皇帝尼禄为自己建造的宫殿，装饰奢华，墙壁上布满了壁画、黄金和各种珍珠宝石，是罗马建筑中帝国风格的典范。尼禄死后，金宫被废弃。文艺复兴时期，金宫遗址偶然被发现。艺术家们争相模仿其瑰丽的壁画，由此诞生了盛行多个世纪的怪诞主义图案装饰风格。

⑤拉斐尔此处所指的图案为怪诞艺术风格图案，是一种特殊的绘画装饰风格，源于古罗马。文艺复兴时期，意大利艺术家们在尼禄金宫的壁画中发现了一种人、动物、植物、奇怪的生物与华丽的几何图形相互交织的怪异图案。许多艺术家开始模仿这些图案，此后这种仿古罗马的装饰风格风靡一时。怪诞的装饰风格在富人家中颇为流行，在室内墙壁、室外凉廊、镶边挂毯、装饰性金属制品、家具、玛瑙和珠宝上，都能见到。

注释表

⑥ **普赛克**：希腊神话中人类灵魂的化身。她是一个十分美丽的公主，与爱神厄洛斯相恋，每晚相会，但爱神不让她看他的面容。某夜，她违约点起蜡烛偷看，爱神惊醒，一气之下，不见了踪影。她到处寻觅，经历种种苦难，终于与爱神重聚，结为夫妇。

⑦ **加拉提亚**：希腊神话中的海洋女神。美丽的加拉提亚爱上了年轻的凡人阿西斯，但嫉妒的独眼巨人波吕斐摩斯用石头砸死了阿西斯。加拉提亚悲痛万分，把阿西斯变成西西里岛的一条同名溪流。

⑧ **赫利奥多鲁斯**：塞琉西王朝（公元前312年—前64年）的大臣。公元前180年，耶路撒冷归塞琉西帝国统治，塞琉西四世命令赫利奥多鲁斯到耶路撒冷圣殿盗宝，最终众人将赫利奥多鲁斯逐出圣殿。

⑨ **埃涅阿斯**：神话中特洛伊和罗马的英雄。他在抗击希腊人、保卫特洛伊的战争中功绩卓著。特洛伊沦陷后，埃涅阿斯带领同伴们进行顽强的抵抗，但无法力挽狂澜，最终身背老父，带领族人逃往意大利，建立了新的国家。

⑩ **佛兰德斯**：欧洲历史地区名。位于今比利时西部、法国西北部和荷兰南部。

⑪ **佩鲁吉诺**：文艺复兴时期意大利著名画家，拉斐尔的老师。他擅长使用空气透视，他的一些绘画作品对拉斐尔产生了很大影响。

塞西莉亚·拉泰拉

意大利知名作家、插画家、漫画家。她喜欢阅读、写作和绘画，用这些方式来表达她对故事的热爱，著有《树叶是如何回到树上的》《十七位意大利卓越女性的故事》和《白色帐篷》等作品。她曾与多家知名出版社合作，作品《卡罗莱纳的山茶花》和《一群孩子拯救了那不勒斯市政厅》荣获意大利"绿色关爱奖"。

塞西莉亚对恐龙、中世纪和维多利亚时代有着深厚的兴趣。她常常坐在书桌前，面前摆着笔记本、茶杯和待办事项清单。她的儿童文学作品构思精巧，具有深厚的历史底蕴，极富感染力。

詹卢卡·加罗法洛

意大利著名插画家和视觉艺术家。他的作品入围博洛尼亚童书展插画师展览，并被指定为《博洛尼亚插画展年度作品集》封面。

詹卢卡·加罗法洛对建筑和绘画有着极大的热忱，多年来一直活跃在儿童插画、视觉设计和建筑领域。他与多所学校合作，为儿童和青少年开设视觉感知、绘画和插画研讨会。他曾与许多国际知名出版商合作，包括牛津大学出版社、培生教育出版集团、阿歇特童书等。